# AGORA LUANDA

# AGORA LUANDA

fotografias
Inês Gonçalves
Kiluanje Liberdade

textos
José Eduardo Agualusa
Delfim Sardo

Almedina
2007

**título**: Agora Luanda
**fotografias**: Inês Gonçalves e Kiluanje Liberdade
**produção**: Kiluanje Liberdade
**assistente de produção**: Alípio Naval
**textos**: Delfim Sardo, José Eduardo Agualusa
**desenho gráfico**: João Botelho com Pedro Serpa
**impressão e acabamentos**: Gráfica de Coimbra
**edição**: Almedina
**1ª edição**: Fevereiro de 2007, 2000 exemplares
**isbn**: 978-972-40-3083-8
**depósito legal**: 254573/07
© Inês Gonçalves e Kiluanje Liberdade

**instalação video**
**realização**: Kiluanje Liberdade e Inês Gonçalves
**imagem**: Inês Gonçalves
**montagem**: Maria Joana
**som**: Kiluanje Liberdade
**misturas de som**: Vasco Pimentel com Paula Albuquerque
**correcção de cor**: Andreia Bertini

**banda sonora da exposição**
**concepção**: Vasco Pimentel
**gravação de som directo**: Kiluanje Liberdade
**montagem**: Vasco Pimentel com Paula Albuquerque

**projecto patrocinado por**
Instituto Camões
Centro Cultural Português, Luanda
Embaixada de Portugal, Luanda
Fundação Calouste Gulbenkian
Instituto das Artes
Ministério da Cultura, Portugal

**apoios**
Ribeiro Chaves Bazar do Vídeo
Comando Provincial de Luanda
Tobis Digital

# ALGUNS RETRATOS
## AGORA LUANDA

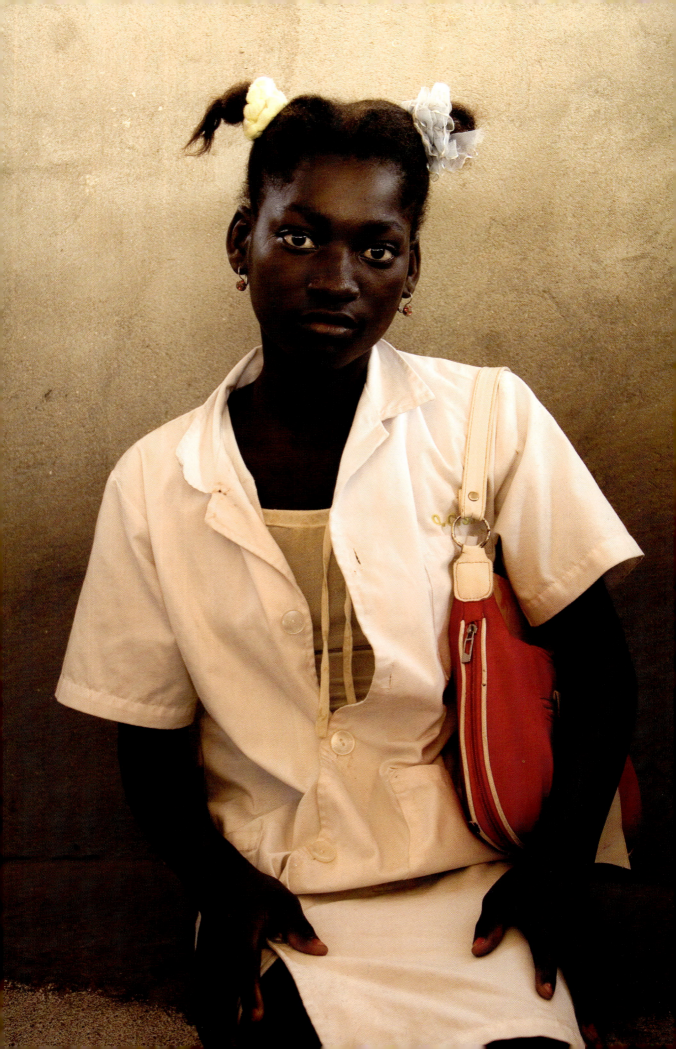

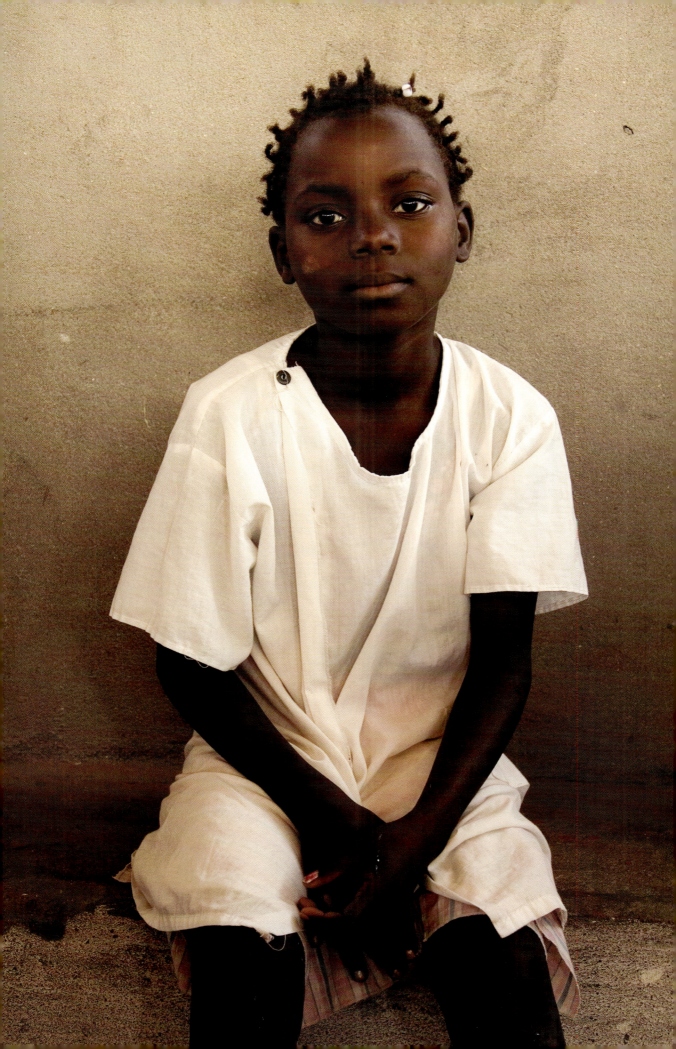

# LOUVAÇÃO DO CAOS

*José Eduardo Agualusa*

Luanda. Ou Lua, como é conhecida na intimidade. Também Loanda. Literariamente: Luuanda (veja-se Luandino Vieira). De seu nome completo, São Paulo da Assunção de Luanda, foi fundada em 1575 por Paulo Dias de Novais. Vinte anos mais tarde chegaram à nova urbe as doze primeiras mulheres brancas, que logo arranjaram noivos e casaram e tiveram filhos. Em 1641 a cidade foi ocupada pelos holandeses, os quais saíram a toque de caixa, apenas sete anos depois. A 15 de Agosto de 1648 uma tropa carnavalesca de brancos, negros e índios, trazida até África nos galeões do imensamente próspero latifundiário e escravocrata carioca, não obstante natural de Cádiz, em Espanha, Salvador Correia de Sá e Benevides, desembarca em Luanda. Iludidos por uma série de manobras audaciosas de Correia de Sá, mais de mil soldados holandeses rendem-se, abandonando duas fortalezas praticamente intactas a um exército exausto de menos de seiscentos homens.

Começou desta forma uma esplêndida confusão de raças, línguas, sotaques, apitos, buzinas e atabaques, que, com o passar dos séculos, mais não fez do que aprimorar-se. O caos engendrando um caos maior. Hoje, misturam-se pelas ruas de Luanda o umbundo oblongo dos ovimbundos. O lingala (língua que nasceu para ser cantada) e o francês arranhado dos regrês. O português afinado dos burgueses. O surdo português dos portugueses. O raro quimbundo das derradeiras bessanganas. A isto junte-se, com os novos tempos, uma pitada do mandarim elíptico dos chineses, um cheiro a especiarias do árabe solar dos libaneses; e ainda alguns vocábulos em hebreu ressuscitado, עברית, colhidos sem pressa nas manhãs de domingo, em alguns dos mais sofisticados bares da Ilha. Mais o inglês, em tons sortidos, de ingleses, americanos e sul-africanos. O português feliz dos brasileiros. O espanhol encantado de um outro cubano que ficou para trás.

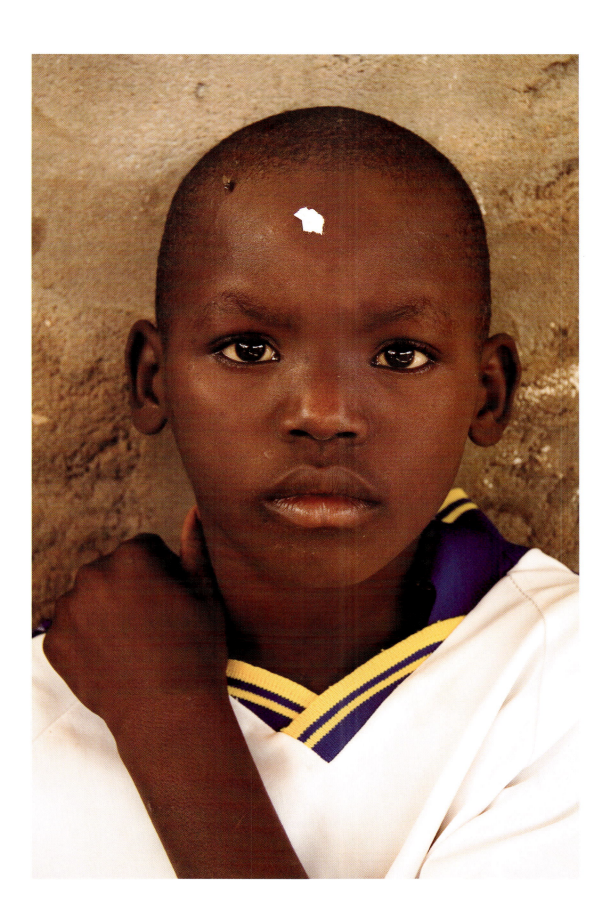

E toda esta gente movendo-se pelos passeios, acotovelando-se nas esquinas, numa espécie de jogo universal da cabra cega. Moços líricos. Moças tísicas. Empresas de esperança privada. Chineses (de novo) em revoada. Meninos vendendo cigarros, chaves, pilhas, pipocas, cadeados, almofadas, cabides, perfumes, telemóveis, balanças, sapatos, rádios, mesas, aspiradores. Meninas vendendo-se à porta dos hotéis. Meninos apregoando quimbembeques, espelhos, colas, colares, bolas de plástico, elásticos para o cabelo. Meninas negociando cabelo loiro, "cem por cento humano", em tranças, para tiçagem. Mutilados hipotecando as próteses. Quitandeiras mercadejando mamões, maracujás, laranjas, limões, pêras, maçãs, uvas suculentas e remotos kiwis.

Tio! Paisinho! Meu padrinho! Ai, olha aqui o teu amigo. Carapauê! Vai por quinhentos, o disco, meu brother!

    Lavo.
        Guardo.
            Engraxo.

Se fosse uma ave, Luanda seria uma imensa arara, bêbada de abismo e de azul. Se fosse uma catástrofe, seria um terramoto: energia insubmissa, estremecendo em uníssono as profundas fundações do mundo. Se fosse uma mulher, seria uma meretriz mulata, de coxas exuberantes, peito farto, já um pouco cansada, dançando nua em pleno carnaval.

Se fosse uma doença, um aneurisma.

Difícil caminhar na lua. A poeira entranha-se no pensamento. Também não é fácil conduzir. Buracos vivos engolem tudo. Trata-se, asseguram alguns especialistas, da maior colecção de buracos urbanos do mundo. Por vezes despertam esfaimados. Lançam-se contra os automóveis com a voracidade de piranhas. Os candongueiros tentam escapar deles com guinadas súbitas, mas sem nunca reduzir a velocidade. São tão perigosos os buracos quanto os candongueiros.

# ROQUE SANT EIRO
## AGORA LUANDA

O ruído cobre a cidade como um cobertor de arame farpado. Ao meio dia, o ar rarefeito reverbera. Motores, milhares e milhares de motores de carros, geradores, máquinas convulsas em movimento. Gruas erguendo prédios. Carpideiras carpindo um morto, em longos lúgubres uivos, num apartamento qualquer de um prédio de luxo. E pancadas, gente que se insulta aos gritos, clamores, latidos, gargalhadas, gemidos, rappers berrando a sua indignação sobre o vasto clamor do caos em chamas.

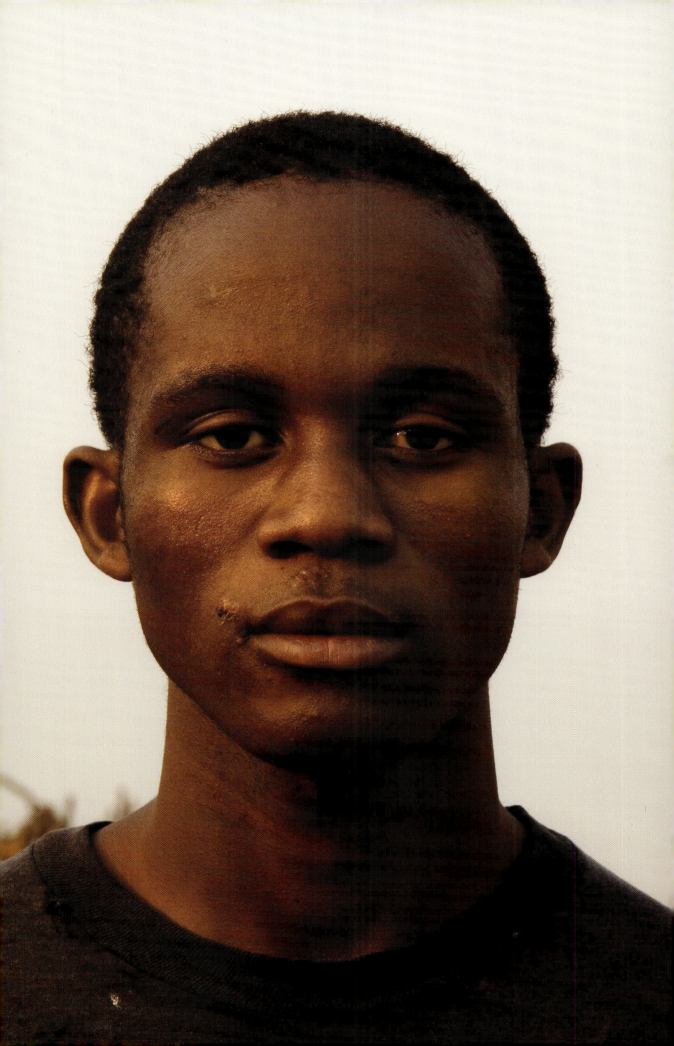

A arte fotográfica não tem tradição em Angola. Ao contrário do que se passou em Moçambique, para tomar como referência um país muito próximo de Angola em termos culturais e históricos, nunca houve em Angola uma escola de fotografia. Todavia, o princípio foi auspicioso. A série de quatro álbuns com as excepcionais imagens recolhidas no final do século XIX, entre Cabinda e Moçâmedes, por Cunha e Moraes ajudaram (e muito) a inventar Angola. Evidentemente, era ainda o olhar do outro, carregado de preconceitos, mas também de genuíno fascínio e, até, encantamento. Infelizmente, Cunha e Moraes não teve seguidores à sua altura.

Enquanto os moçambicanos foram capazes de formar várias gerações de excelentes fotógrafos – entre os quais é impossível não citar os nomes de Ricardo Rangel, Kok Nam e Sérgio Santimano – não existe um único fotógrafo angolano com obra conhecida e reconhecida fora das fronteiras do país.

Rui Tavares, José da Silva Pinto, Sérgio Afonso, ou o artista plástico António Ole, que, desde o início da sua actividade, manteve sempre um interesse pela fotografia, não conseguiram ainda espaço para mostrar o seu trabalho.

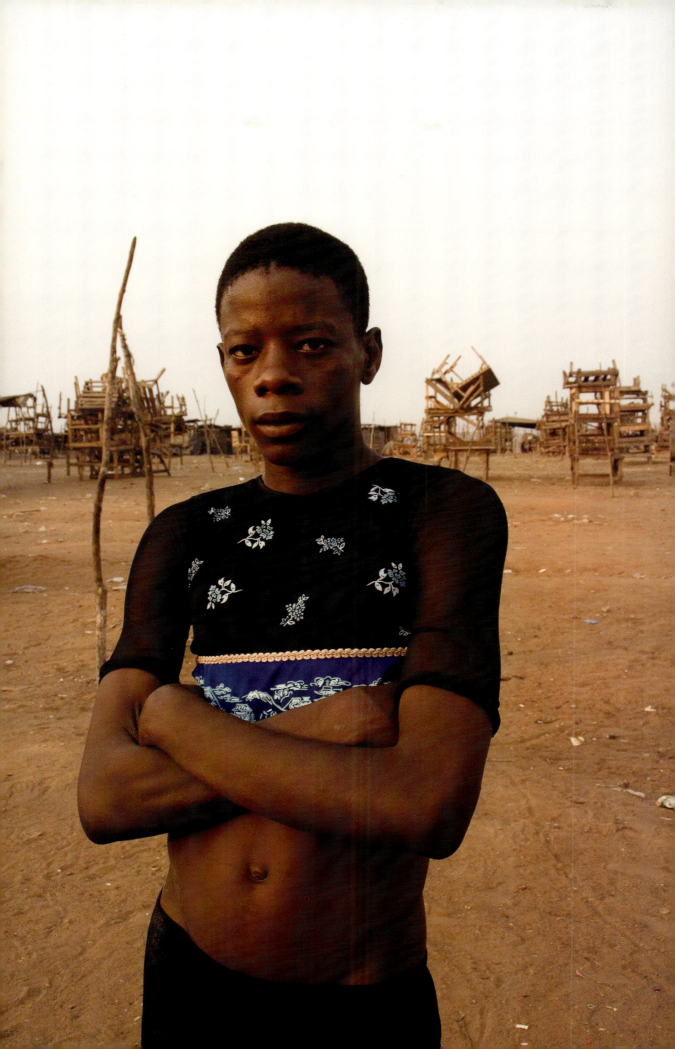

# BAIRRO DA MÃE JU

## AGORA LUANDA

Após a independência, contudo, foram vários os fotógrafos estrangeiros a publicar álbuns com imagens de Angola. O mais constante de entre estes profissionais, tem sido, creio, o brasileiro Sérgio Guerra, 45 anos, radicado em Luanda desde 1997. Dois anos depois de se fixar em Angola, publicou a sua primeira recolha de fotografia, "Álbum de Família", a que se seguiram "Duas ou três coisas que eu vi em Angola" (2000), "Nação Coragem" (2003), "Parangolá" (2005) e "Lá e Cá" (2006), este último misturando (a palavra não está aqui por acaso) retratos de populares, fotografados no Mercado de São Paulo, em Luanda, e na Feira de São Joaquim, em Salvador da Bahia.

Trata-se, na essência, de um trabalho documental, muito próximo da fotografia de reportagem. Fotografar é devassar. É dar a ver. Evidentemente, dá-se a ver não toda a realidade, mas a realidade que ao fotógrafo interessa revelar. Assim, existe em todo o discurso fotográfico um substracto ideológico mais ou menos consciente, melhor ou pior articulado, e de eficácia variável. O trabalho de Sérgio Guerra – e também por isso o chamei a estas páginas – desenvolve-se, ideológica e esteticamente, no mesmo território áspero, periférico, de terra batida, em que agora se lançam Inês Gonçalves e Kiluanje Liberdade.

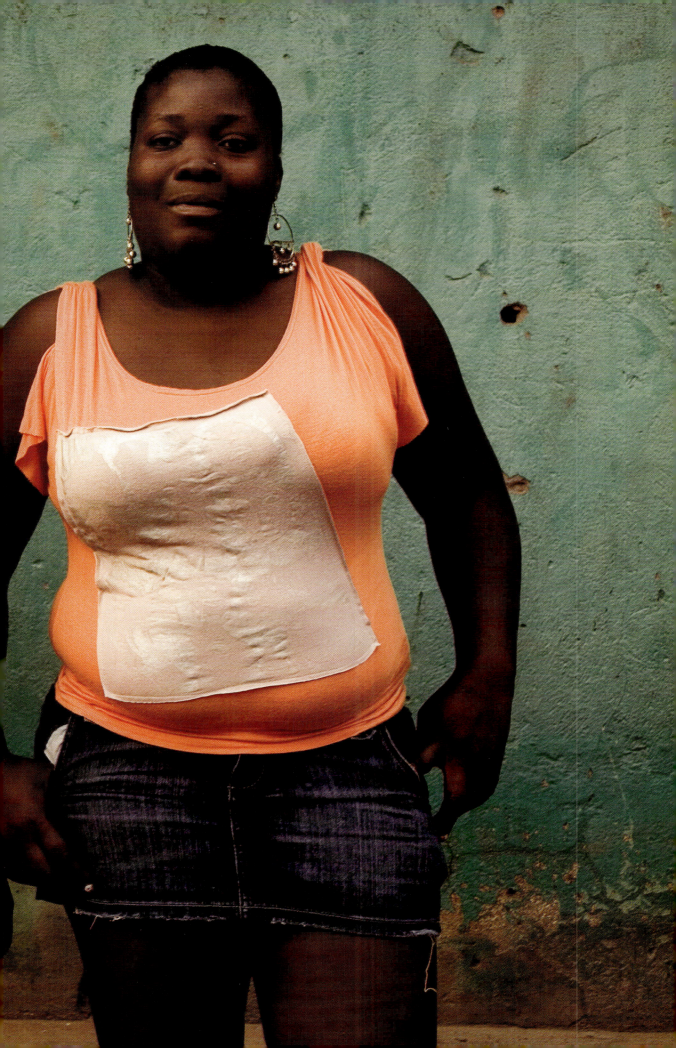

# TARDE D

Hora
12:00

Nas instalações, renovadas, do Centro Cultural Português, Inês Gonçalves e Kiluanje Liberdade, dão-nos a ver retratos de pessoas comuns, em trânsito, ou à deriva, num cenário que nada tem, nem de épico, nem de lírico. Almas comuns em comunhão com a realidade. Arrancadas ao ruidoso silêncio da sua condição, estas pessoas expõe-se e expõe uma estória. São pois, também, estórias de vida que aqui se insinuam. Sentemo-nos diante delas, e escutemo-las. Escutemos com o coração.

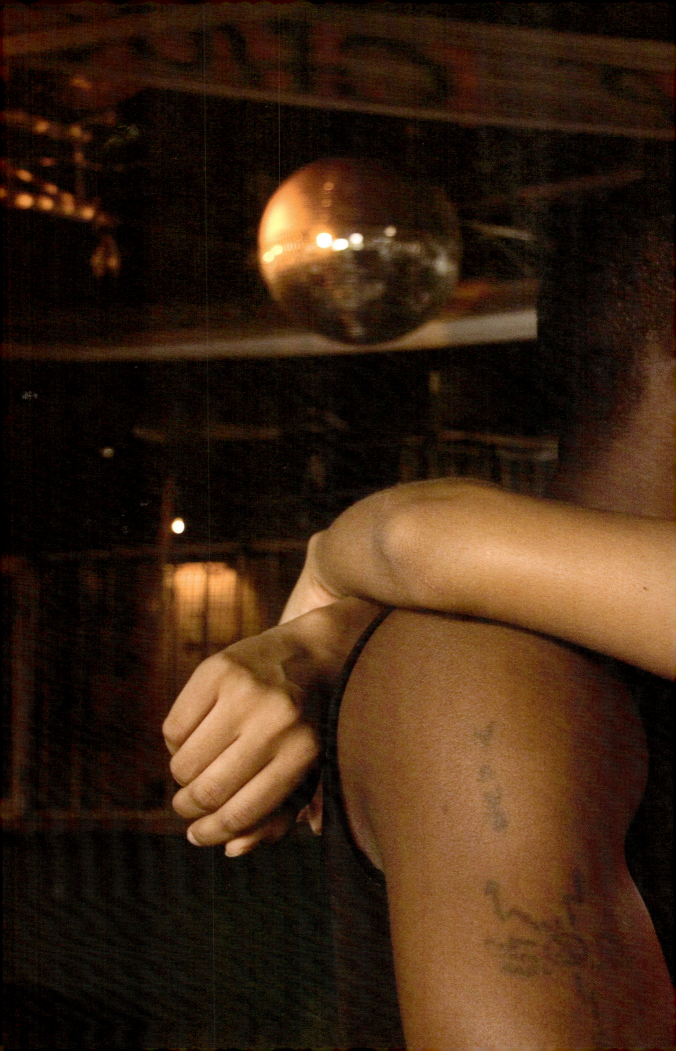

# DIFÍCIL CAMINHAR NA LUA
## AGORA LUANDA

O BOXEADOR

Vou chamá-lo Rudolfo. Há nele (acho eu) algo de inequivocamente Rudolfo: um olhar onde se mistura inocência e desafio. Ergue os punhos protegidos por estridentes luvas vermelhas. Um crucifixo ao peito. Tem dezasseis anos e sente o coração cheio de cólera. Só não sabe exactamente contra quem. O pai era militar. Desapareceu na guerra. Foi o pai quem, antes de partir para o Sul, lhe entregou o crucifixo. "Agora és o homem da casa", disse-lhe: "tens de proteger os manos e a mamã". A mãe, Dona Elvira, é empregada de mesa num restaurante chinês. À noite, traz para casa, em caixinhas de plástico, um pouco de arroz chao-chao, pato à pequim, xop-suei de vaca. Rudolfo odeia comida chinesa. Quando se deita pensa no pai. Tem longas conversas com ele.

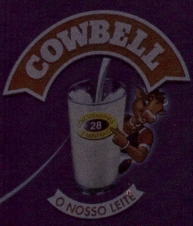
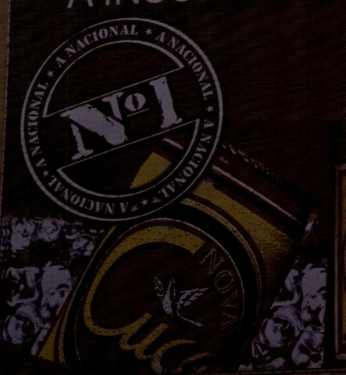

## O FUTEBOLISTA

Ainda não tem nome, mas amanhã, há-de arrebatar multidões ao deslizar pelo relvado com a bola colada aos pés. Ele sabe disso, e aguarda por esses dias sem sobressalto, com a mesma paciência, a mesma suave determinação, com que todas as manhãs espera o candongueiro. O pai faz troça dele, a mãe castiga-o por faltar à escola; o menino sorri apenas e acaricia a bola. Joga descalço.

# NOVOS TEMPLOS
## AGORA LUANDA

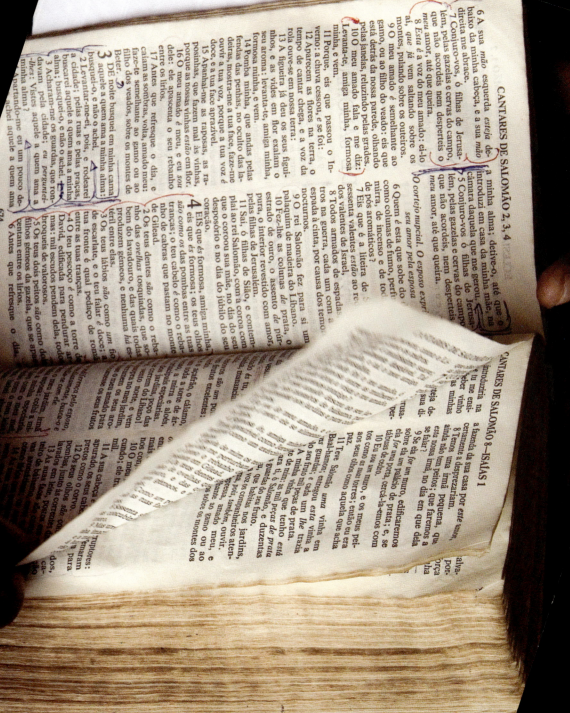

O PASTOR

Em 1996, Salomão Boavida obteve uma bolsa de estudo e foi para o Rio de Janeiro. Devia ter regressado sociólogo. Voltou pastor da Igreja de Jesus Cristo Ressuscitado. Os amigos não o reconheceram. Partiu um e voltou outro. Parece maior, sobretudo quando fala, com um belo sotaque brasileiro, tipo actor de novela. Há quem insinue que o trocaram. Um dia farão uma estátua dele na sua posição preferida: a mão direita espalmada contra o peito, a mão esquerda segurando a Bíblia. Salomão Boavida está decidido a salvar Madalena.

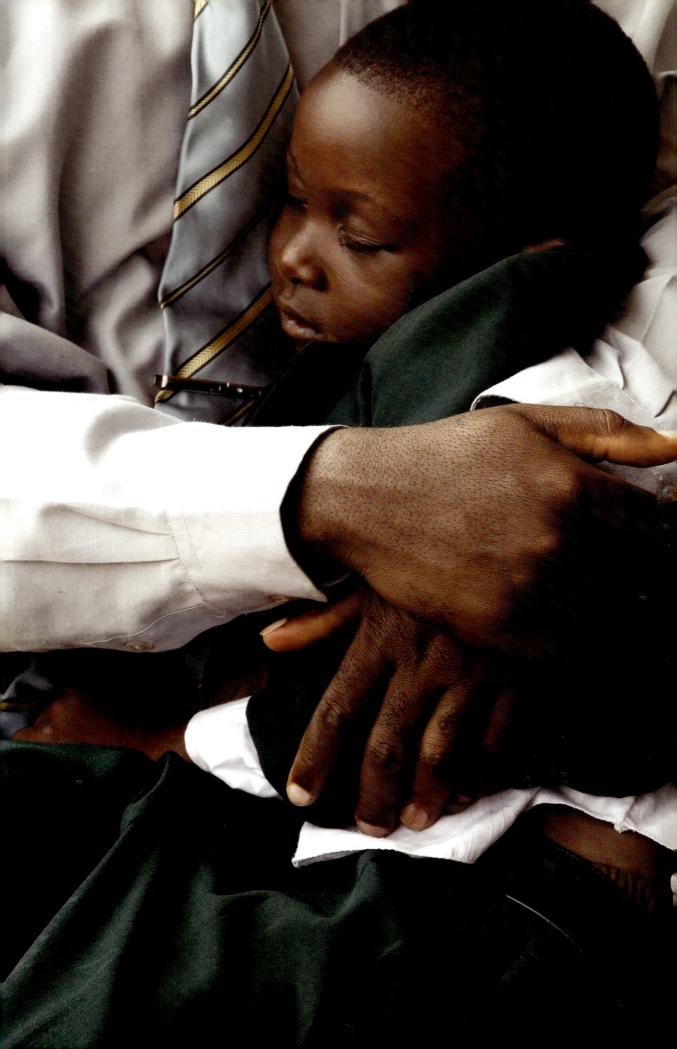

O ZUNGUEIRO

Matintou Clement, quarenta e dois anos de pura aflição. Todavia, disfarça: um belo chapéu derrubado sobre os olhos, brinco de prata na orelha, o jeito insolente de um caubói. Quem lhe escuta a gargalhada, larga não imagina que tem mulher doente, presa na cama, e três filhos para criar. Há dias ia sendo morto numa praia da Ilha, acusado, falsamente, de ter roubado um relógio a um turista israelita (digo turista, porque é assim que consta nos autos); era um homem enorme e rosado, de cabeça rapada, com uma cicatriz que lhe descia do peito até ao umbigo, como um fecho eclair. Aplicou-lhe um golpe rápido, com os pés, e quando Matintou deu por isso, estava estendido na areia. Ergueu-se, a custo, meio atordoado, pelo golpe, sim, mas principalmente pelo ultraje, e atirou-se de cabeça contra o peito do outro. Não teve sorte. O israelita desviou-se, tipo bailarino, e Matintou caiu de novo. Não voltou a levantar-se porque entretanto já estava cercado por vários outros estrangeiros, e alguns nacionais, todos em cima dele, aos socos e pontapés. Foi então que a mulher do israelita encontrou o relógio. Desculpas rápidas, que, todavia, não impediram Matintou Clement de passar uma noite na esquadra. Perturbação da ordem pública, foi a acusação.

# BENDITO CAOS
## AGORA LUANDA

A PROSTITUTA

Ela diz que se chama Madalena, mas poucos a levam a sério. Fugiu de casa aos onze anos. Bebe tudo o que tenha álcool, incluindo perfume. Parece mais velha, de tão grave (um pouco triste) e de tão excessivamente céptica – em relação ao amor, aos homens, inclusive em relação a Deus. Diz que não acredita em anjos, mas que se visse algum o depenava. Todavia, frequenta a Igreja de Jesus Cristo Ressuscitado, porque, segundo consta, se apaixonou pelo pastor, um homem alto e bonito, chamado Salomão Boavida.

A SANTA

Rosa Maria, dezasseis anos, teve uma epifania enquanto dançava a tarrachinha com Rudolfo, o boxeador. Firmemente agarrada ao peito suado e tenso do rapaz, o rosto afundado no pescoço dele (Rosinha é muito alta, tem corpo de modelo), viu surgir de repente, na penumbra rumorosa do salão, o rosto iluminado de Nossa Senhora. Desde então, pratica pequenos milagres domésticos. Por exemplo, sonha onde estão as coisas que os outros perderam. Curou uma vizinha de uma enxaqueca pertinaz, com um simples beijo na testa. Devolveu a vida a um pássaro morto (talvez não estivesse completamente morto). No bairro, as pessoas benzem-se quando ela passa. A Rosa Maria o que lhe custa mais, nesta sua nova vida, é não poder dançar a tarrachinha.

A QUITANDEIRA

Mãe Bia veio de Huíla, com uma bebé de cinco meses presa às costas, e outra, de dois anos, pela mão. Vendeu o pouco que tinha para fazer a viagem. Alguém, lhe contou que o filho mais velho, roubado na guerra, fora visto na capital – e ela veio. Tudo na cidade a aterroriza. Sobretudo os carros e os cães, e, em particular, os carros dos pobres e os cães dos ricos. Ela acha que os carros dos ricos têm mais respeito pelos pobres, e que com os cães acontece o inverso. Enquanto anda pelas ruas, vendendo fruta, presta muita atenção ao rosto de todos os rapazes. Tem a certeza de que, mais dia menos dia, vai encontrar o filho. Chama-se Martírio, o filho dela.

O MOTOQUEIRO

"20 buscar", está escrito na mota. Vai daí, passaram a chamar-lhe Vinte. Óculos escuros, cabeça rapada, luvas negras. Vinte, levanta-se às seis horas da manhã, faz ginástica, toma um banho, perfuma-se e vai trabalhar. É funcionário da polícia de fronteiras. Quando sai do trabalho regressa a casa e passa pelo menos uma hora a cuidar de Malembe-Malembe. Ao entardecer sai a passear com ela. Vai até à praça onde os amigos o esperam. Exibem-se às garinas. Vinte está apaixonado por Rosa Maria. Uma pena a moça ter virado santa.

O RAPPER

MC Canibal, natural de Luanda, 22 anos. Na realidade chama-se Albino Amador, namora secretamente com uma moça tímida e doce, estudante de psicologia, e sonha em ser cantor romântico. No seu quarto, abraçado à namorada, gosta de escutar Roberto Carlos e Julio Iglésias. As letras que grita em cima dos palcos, contudo, não falam de amor. Apelam à revolta dos pobres contra os novos ricos. Alguém disse dele – "é uma metralhadora". Matintou Clement tem uma fotografia de MC Canibal colada na parede do quarto. Na manhã em que regressou a casa, depois de quase ter sido morto numa praia da Ilha, acendeu uma vela junto à fotografia "através do ódio, vamos conquistar o amor". A mulher acha que ele exagera um pouco na devoção.

Estórias de homens, mulheres e crianças, dispostos a chegar ao lugar certo, ainda que seja por caminhos tortos. Pessoas que querem a todo o custo endireitar caminhos. Gente capaz, inclusive, de fabricar caminhos. São, enfim, retratos de uma cidade que resiste, teimosamente, não obstante as carências de todo o género. A Luanda que ri, e dança e festeja a vida, mesmo enquanto faz o luto. A Luanda que ama, que se apaixona e se entrega, não obstante o continuado abandono dos poderes públicos. A Luanda que sabe (ou intui) que sexo é subversão, que sexo é revolução, e que inventou o kuduro e a tarrachinha, depois de ter inventado o semba ou a kizomba. A Luanda que está a dar uma nova alma à língua portuguesa.

Ouvindo (com o coração) as estórias destas pessoas, já são outros, agora, estes retratos. Transmudam-se. E sim, são grandes quadros épicos; e sim, há poesia neles, a mesma harmonia rebelde das tempestades. Um território de sonhos, simultaneamente belo e perigoso, como um campo de minas coberto de girassóis. Sentem-se e escutem com atenção. Esta é a Luanda que, no fim, triunfará.

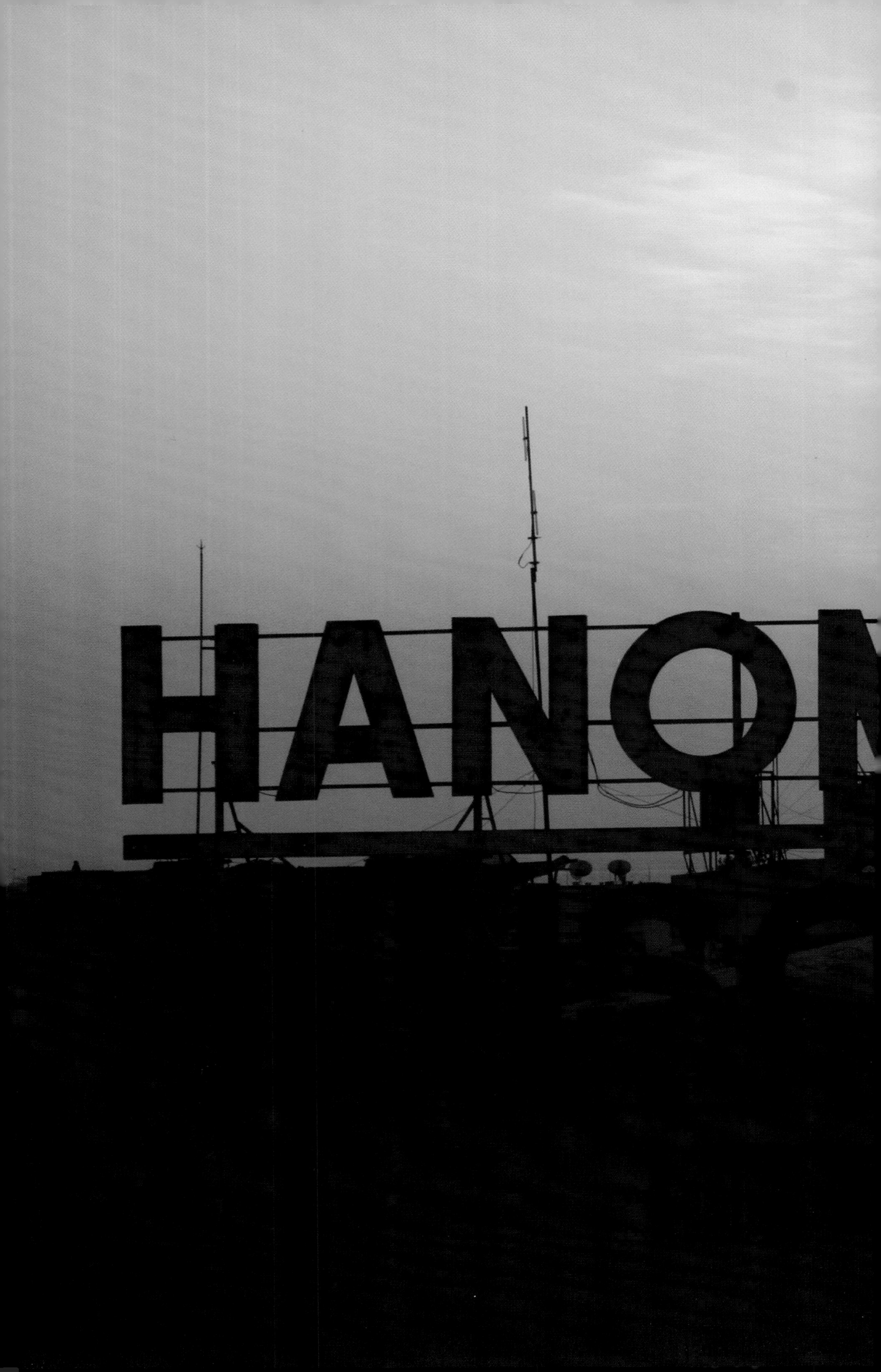
HANO

# CUCA

*Delfim Sardo*

## 1

As fotografias de Inês Gonçalves têm sido, habitualmente, retratos. Só pode fazer retratos quem gosta de ver pessoas.
Os seus retratos não são capturados à socapa: são consentidos, frontais e respeitosos. Quero dizer que se situam dentro da grande tradição humanista, que acredita que o rosto é a última trincheira de resistência da aura, mas que, por esse facto, pertencem também a uma outra linhagem, um pensamento político sobre a dignidade. Quando, numa fotografia, temos uma imagem que nos encara frontalmente, sabemos que o fotógrafo quer partilhar connosco a densidade da presença de quem esteve perante a câmara. Pressupomos, que a frontalidade, foi o resultado de uma negociação e a negociação é outra das grandes formas da tradição humanista: só negociamos com quem respeitamos, não por ser semelhante a nós, mas porque precisamente possui uma diferença que propõe um ganho mútuo. No caso da imagem fotográfica que cabe dentro do universo do retrato, desse retrato frontal e rembrandtiano, o ganho é duplo para ambas as partes. O retratado sabe que, se a câmara o elegeu, é porque nessa eleição está uma prova da sua individualidade, materializada posteriormente numa imagem (e as imagens são todas materiais, sendo diversa a matéria que as compõe), e o *retratador* retira da imagem do retratado aquilo que procurava. Os retratos são, por isso, confirmações daquele que retrata, sobretudo aqueles que a partir de si, retratam um lugar, um mundo, um espaço. Confunde-se o rosto

do retratado com uma época, provavelmente como se confunde o rosto de Inocêncio X, de Velázquez, com o século XVII, como se confundirá o rosto de Allie Mãe Burroughs, fotografada por Walker Evans, com a Depressão, ou como se confunde o rosto dos dois pugilistas fotografados por August Sander, com a Alemanha entre as guerras.

É esta ambição de representação que está, porventura inconsciente, nos retratos de Inês Gonçalves, sabendo, no entanto, que a sua negociação com o retratado se baseia sempre na possibilidade de dar deles a imagem que pretendem dar de si – espreitando sempre, no entanto, a fragilidade humana que o olhar de Inês Gonçalves detecta. Não creio, portanto, que qualquer retratado de Inês Gonçalves não se reveja na imagem que ela produz, porque o toma por um exemplo da absoluta individualidade. Como o personagem interpretado por Nicholas Cage em *Wild at Heart* (David Lynch, 1990), que insiste possuir no casaco de pele de cobra o símbolo da sua individualidade e livre arbítrio, as pessoas fotografadas por Inês Gonçalves, transformam-se em personagens, porque nos retratos encenam, para ela, para a câmara e para nós, a sua individualidade.

Assim, os seus retratos são uma concretização dessa forma superior de possuir liberdade que reside na possibilidade de *se* representar para uma imagem, não somente de ser representado numa imagem.

Mais, os retratados de Inês Gonçalves parecem, portanto, ser representantes não outorgados de um lugar.

# 2

Não sei se Luanda é como as fotografias de Inês Gonçalves, mas acredito que sim. Não posso ajuizar da forma como a cidade se encontra nas imagens, mas posso saber da sua verosimilhança. Mais, posso intuir toda uma vida da cidade na forma como as imagens mostram os edifícios, as ruas, os planos picados sobre o mercado, os bairros, os reclamos dos cabeleireiros, o pó, o trânsito, o mapa de circulação.

Estas fotografias marcam, provavelmente pela intimidade que possuem com a prática cinematográfica documental, um novo período no trabalho de Inês Gonçalves, ao qual não será estranho o caminho iniciado com *Outros Bairros*, o primeiro documentário em colaboração com Kiluanje Liberdade, também co-autor desta nova incursão documental.

Na fotografia contemporânea existe um retorno da documentalidade, cruzada agora com uma clara consciência do seu carácter empírico-antropológico e recusando a qualidade expressionista do foto-jornalismo. Nesta ampla possibilidade de mapeamento, está inscrito o outro lado dos retratos, o seu contexto, o lugar onde aquela luta pela identidade própria se desenvolve.

Assim, as imagens que nos devolvem a cidade, possuem uma escala urbana, uma amplitude de respiração absolutamente diversa do trabalho anterior de Inês Gonçalves, porque produzem uma distância cinematográfica efectivamente oposta à noção de espaço cénico, de palco, se preferirmos, que é inerente aos retratos. Na deambulação pelas ruas de Luanda, fica definida, pelas imagens fotográficas, um espaço construído a partir do mapeamento por pontos de vista, ângulos de rotação que produzem a escala do lugar – numa tradição de produção de "paisagem" como paisagem cultural e não como decoratividade do lugar.

Esta tradição, construída a partir do trabalho da revista *Landscape*, iniciada em 1951 por John Brinckerhoff Jackson, consubstancia um campo de trabalho "sem nome" disciplinar, mas no qual convergem visões antropológicas, sociológicas, estéticas ou meros olhares atentos na definição de que uma paisagem não é o campo do visível, mas a nossa hierarquização do campo do visível.

Neste sentido, estas fotografias de Luanda definem uma cidade, porque, pela sua hierarquia como imagens, nos constroem *o* lugar, ou o seu hipotético "panorama" fragmentário. Da mesma forma como os panoramas do século XIX definiam um local, estas imagens de Luanda perspectivam o lugar a partir de uma distância, da desorganização de um plano de imagem que, evidentemente, não compõe a completude de um cenário, mas dá-nos os elementos para imaginarmos um *set*.

Essa será, possivelmente, a palavra-chave da Luanda de Inês Gonçalves e de Kiluanje Liberdade – é um lugar de um filme, um cenário fervilhante, terno, violento, esventrado e belíssimo. Podemos mesmo suspeitar, que a Luanda que nos mostram, é uma ficção. Provavelmente, habitará, para o futuro, a nossa expectativa.

# 3

Temos, portanto, uma versão da cidade onde se cruzam dois planos históricos da história de arte, o retrato e a paisagem, duas formulações históricas que aqui são como que desmontagens de um filme, sabendo que o filme também existe, por sua vez também ele desmontado em três ecrãs e reeditado num trabalho complexo de som que se cruza, por sua vez, com um segundo trabalho de edição sonora que povoará a exposição. Prefiro ver tudo isto como um filme que, quase didacticamente, se desconstrói perante o espectador, deixando-nos a responsabilidade de efectuarmos, mentalmente, a nossa edição própria, subjectiva e insubstituível. Isto é, a Luanda deste projecto fragmentário, transforma-se na nossa íntima percepção da possibilidade de um lugar, para a qual contribui um excesso de informação e sempre uma falta.

Pareceu-me, desde o início, desde que vi as primeiras imagens, a mim, que nunca fui a Luanda, que me estava a ser proposto um puzzle com peças a mais e peças a menos, e que esse excesso e esse defeito, faziam parte do jogo de espelhos que tinha sido o mapeamento subjectivo da cidade efectuado, mas que era também a razão da possibilidade imperfeita de eu construir um lugar.

Neste sentido, o som dos *kuduristas*, os gestos de erotismo minimalmente barroco dos casais que dançam tarrachinhas, as meninas e os malandros, as casas transparentes por inacabadas ou destruídas, o mercado do Roque Santeiro, e o fim do dia, não me narram nada, mas constituem um campo para as minhas imagens, para a função de as produzir, que se chama, historicamente, imaginação.

Por isso, as traseiras do anúncio da Cuca no alto de um prédio, é uma visão, na qual se cruzam a memória cinematográfica, as estórias que ouvi a muitos amigos que em tempos vieram de Angola, e uma visão de anjo. Claro, que o ponto de vista do alto do prédio através da grande estrutura metálica decrépita, invoca Hollywood, mas também Wenders e a sua visão de Berlin, através dos anjos caídos, daqueles que tudo ouvem, cheios dos dramas que vêm de olhos fechados. Como catalizadores sem corpo sobrevoam a cidade para finalmente se apaixonarem e caírem no som, no cheiro e no peso.

Esta série de imagens é assim, indecisa entre o olhar do anjo, o fascínio do corpo e o cheiro que não pode ser representado.

A partir de agora, a minha Luanda começa aqui. Na Cuca.

## agradecimentos

**FRANCISCO RIBEIRO TELLES**
Embaixador de Portugal em Luanda

**JOÃO PIGNATELLI**
Adido Cultural da Embaixada de Portugal
e Director do Centro Cultural Português

**DR. MANUEL SEBASTIÃO**
Director Provincial da Cultura

e

Mãe Ju, Dugras, Gata Agressiva, Nacobeta, Dj Znobia, Puto Português,
Come Todas, Baby Laze, Dama Sereia, Lokura, Da key,
Luz que Brilha, Anastácio, Bobani King, Joaquina Mayengue, Maura,
Maura e Branca Faial, Mariano, Paixão, Ondjaki, Irmã Domingas, Mc K,
Keita Mayanda, Dj Mania, Claudeth, Nazarina,
Isadora Campos, Estúdio Beto Max, Ladislau Silva,
Super Intendente Marcos Fonseca, Comandante Roque,
CPL – Comando Provincial de Luanda,
GPL – Governo Provincial de Luanda,
Paulo Gomes, Rita Rolex, Albano da Silva Pereira,
Filipe Vargas, Nuno Leonel e Joaquim Pinto.

S.     R.

CENTRO CULTURAL PORTUGUÊS DA EMBAIXADA
DE PORTUGAL EM LUANDA

Comando Provincial de Luanda
Tobis Digital